トトロの住む家

龙猫的家

〔日〕宫崎骏 著

〔日〕和田久士 摄影　史诗 译

南海出版公司

新经典文化股份有限公司
www.readinglife.com
出　品

龙猫的家 * 目录

在我的动画电影《龙猫》中，龙猫是森林的主人。

即便如此，龙猫偶尔也想住进人类的家里，

和我一起去看看吧。

龙猫的家

人和草木共生的家

东京 · 杉并区阿佐谷 · K 女士家

我拜访了一栋宅子，这次拜访让我对住在里面的人心生仰慕。

我在东京生活，而东京的老房子在陆续消失。眼看着自己这代人的少年记忆从历史中被抹去，我难免心中不安。能记录下来也好啊——这是我的拜访计划的初衷。如果这样的老房子不存在了，我们将来恐怕无法定义什么才是好的家。

回顾关东大地震后那几年，东京建起了许多刻意复古的住宅，不得不说是一种浅薄的潮流。当时那些曾被视为精良的建筑，如今看来依然可见暴发户的趣味。再看最近流行的“2×4 工法”白箱式住宅，都只说明东京的住宅潮流来得匆忙，去得也飞快。

我决定去寻找让我感觉美好的家宅。

就算无法定义好的标准，我们的感受会在踏入家门的那一刻油然而生，想法会逐渐成形。为了避免故弄玄虚，我寻访的区域仅限于关东大地震后开发为住宅区的东京西郊，即旧国铁中央线的沿线、高圆寺到吉祥寺之间。简而言之，我选择了熟悉的范围。

我相信，即便是大地震后建的房子，也会有美好宜居的家。

在阿佐谷站以北的旧巷里，我找到了 K 女士的家。巷子里有建于昭和[①]初期的数栋住宅，灌木篱笆连绵不断。K 女士家就静立在那片住宅中，在庭院繁密的树木中若隐若现。

仿佛一件宝物——这样的形容再合适不过。

---

① 日本裕仁天皇在位期间使用的年号，时间为 1926 年到 1989 年。

昭和三十年，玄关前。

1
洋瓦
2
家を守る
クヌギの巨木(樹齢80~90年?)
幹に蔦がからんで美しい
15
東側
3
下見板張りの壁
6
柿の木
10
半分見える
古い足ランプが
11
ここが入口
4
左側は道
タイザンボクや
アシビ、藤 その他
沢山の木が
道をかざる
14
7
今でも木の窓枠のまま
感動!!
8
バラ園のなごり
バラの老木
12
アスパラガス
旬には食べられます
13
水仙があちこちに
天水の小さな池
9
金魚もと水蓮。水が澄んで
5
竹垣には
つるバラがはっている

1 西式瓦片
2 高大的麻栎（树龄 80–90 年？）守护着这个家，树干上缠绕着爬山虎，很美
3 镶有护墙板的墙壁
4 左侧就是道路，路旁装点着荷花玉兰、马醉木、紫藤等
5 篱笆上开满蔷薇
6 柿子树
7 如今依然保留着木窗框，让人感动！！
8 蔷薇的余韵，蔷薇老枝
9 储存雨水的小池塘里有金鱼藻与睡莲。水是那么清澈！！
10 露出的半盏 Z–Light 台灯，让人印象深刻
11 这里是入口
12 芦笋，到了季节就可以采食
13 水仙遍布各处
14 实生的西红柿
15 “二战”以前，东侧曾是被称为“喇叭之森”的茂密森林，如今成了中学校园
16 绿色的杨栌
17 巨大的金木樨
18 与邻家的树木浑然相连
19 各种各样的树木，龙柏、紫珠、紫薇、黄杨、山茶等
20 杜鹃花丛，这里原本种着蔓生的蔷薇
21 小巧的踏脚石铺成通道，营造出温馨氛围
22 宫崎骏
1990. 12. 4
凭印象画出，并不准确

＊本书中，图上标号为简体中文版编辑加注，以便示意。

其实早在五年前，我就曾偶然从门前经过，当时我就像被钉在原地般无法挪步。庭院中的树枝从灌木篱笆上方探出，在小巷里落下浓重的影子，简直复刻了我记忆中的儿时风景。篱笆上缠绕着蔷薇花枝，形成一道花墙，已难看见其下的篱条，我向内张望，满园皆是烂漫夺目的绿意。

这栋宅子处处皆被树木笼罩，却没有一丝阴郁。庭院中央的草木只齐腰高，越向外围则越高，与邻家的树木浑然一体，俨然自成小小宇宙。

我顺着草木往里看，植被的种类也好，庭院的布置也好，都不像是庭院设计师所为，无疑是喜爱草木的外行主人随心所种，整个庭院洋溢着迎人入内的热情氛围。

草木修剪过，但并非毫无章法，而是为了让长得快的树木不影响他者。在漫长的岁月里，树木自身似乎也明白了这个道理，如今已不会只顾伸展自己独占阳光。真是越老越睿智。

从外面无法看到房子的入口处。我站在朴素的白漆栅栏边，看着仅可一人行走的踏脚石，悠悠然向内延伸，仿佛是种朴素的邀请。这所住宅不算大，是栋平房，窗框涂着白漆，墙上装有护墙板。除了安装雨水管，房子并没有经过任何扩建和改造。当年时兴的西洋风格住宅几乎原封不动地保存至今，让人惊讶。

油漆已经开始脱落，但并不荒旧，反而给人一种即将变得闪闪发亮的感觉，叫人看了舒畅。这栋房子也和庭中草木一样，越老越睿智。

从敞开的窗口，可以望见一盏古老的 Z-Light 台灯。一时间，我被猛烈的冲动支配，想要登门打听一下，是什么样的人坐在那张面向庭院的桌旁。

我有个从事建筑行业的伯父，学生时代常以“欣赏住宅”的名义敲开陌生人的家门。他会说明自己是建筑专业的学生，请对方允许自己参观住宅，大多数情况下都会得到应允——我还暗暗猜测过他是不是为了主人招待的点心而去的。如今不再是那样的时代，一个来历不明的男人突然出现，主人家小心警惕是理所当然。想到这里，我却步了。

如果有女孩在这个家里长大，定会是个活泼健康的美人。我胡思乱想了一阵，便离开了。

玄关处没有日式住宅常设的水泥地，在门廊处便可直接脱鞋进屋。

五年后，我得到了拜访 K 女士家的机会。K 女士和我想象中一样，果然也是越老越睿智的家宅主人。她在设计研究所当了三十年老师，现在只兼职。在她少女般的知性笑容中，我隐隐感受到一颗坚韧的心。

“一直放任它们生长，真不好意思。”

她在这么说的同时，又让人感到她是发自内心喜欢这样的状态。

这里原本是 K 女士的叔叔婶婶家，两位老人曾经从事东京的城市规划工作，没有孩子。K 女士继承了他们的房子，满怀珍惜地住了下来。

“没有装铝窗，真的很冷。”

但 K 女士并没有表现出难受的样子。透过波纹浮动的旧玻璃窗，庭院里的树木正熠熠生光。

“一回到这里，心就放松下来。”

话语里饱含着对植物的喜爱。

是的。所谓家，就是人、住宅、庭院植物一起生长的空间。在这片土地上，只要有缝隙，植物就会生长。所谓日子，就是我们和房屋、和植物、和所有生灵共同度过的悠长时光。就算偶尔困惑，偶尔彷徨，我们拿起剪刀时也始终不忘对它们的关照，这就是好的家。

从 K 女士家告辞时（我又兴奋又感动，待了两个小时），我看到了门边的小池塘，瞬间心如明镜。明明只是个用来储存雨水的水泥池塘，却有金鱼藻和睡莲静浮其中，水光澄澈。

幸福就在此刻。

K 女士的叔叔曾在东京都政府工作，非常喜欢蔷薇花。

除了这个西式房间，还有一间和
室和一个女佣房间。整个家如同
一部出色的超短篇小说。

榉树之下有人家

东京·中野区白鹭·M 先生家

在东京近郊长大的人，没有不认识榉树的。

榉树高大优美。春天抽芽时，绿得熠熠生辉，枝条舒展窈窕。即使到了夏日叶片浓密，也不会予人沉郁之感。台风中沙沙挺立，枯冬里萧萧待春，每一种姿态都深得我心。

榉树与关东垆坶红土格外相合，在意想不到的地方也能生根发芽。只要没有外界的过分干预，榉树便会自顾自猛长，树梢一路伸展，直达地面二十米以上。

榉树可以围护住宅、遮蔽街道，形成防风林，曾欣欣然勾勒出东京近郊的风景。如今，防风林虽已不再，可只要青梅街道和五日市街道上没有汽车驶过、尘土四扬，道路两旁的榉树仍是举世罕见的景观。

不过，榉树并不适合种在庭院中。它们太大了。

你还没从小树抽出新芽的感动中回过神来，榉树就已一个劲儿生长，超越了庭院中那些资历老的树木。砍掉，还是保留？犹豫之间，年轻的榉树已经长过屋顶，叶子夺走了全部阳光，被子晾不干，落叶灌入邻家，雨水管堵塞……情况变得一团糟。

其实，我家狭小的庭院中就曾长出与榉树极其相似的糙叶树，引发过上述混乱，让我无计可施。我不愿砍树，于是只能在困扰中生活下去。

在土地所有权无限细化的东京，榉树是很难种进庭院的树木。

这次拜访的 M 先生宅邸，就是一栋与两棵巨大榉树共生的住宅。

从妙正寺川出发，沿公交车道向杉并区方向前行，拐入道旁的一条老路，就到了 M 先生宅

昭和三十一年夏天，M 夫人与儿子。

1
ケヤキのある家
2
本当はもっと
木がしげっていて
このアングルからでは
家は見えない。
3
手前は隣家の
ケヤキ並木
これもまた見事
4
京風の屋根
軒瓦が美しい
5
油絵の少女像のある
応接間
ここからの通りの
眺めがとてもイイ
6
雨戸のある玄関
雨戸にくぐり戸が
あるのに感動
7
扉のない門
8
塀が 路から 1m以上も下げてある!!
しっとりとした土
実生の
電線の
うっそう
いろんな
うかがった
紅葉が

1 种有榉树的家
2 事实上树木比我画的更加繁茂，从这个角度其实看不到房子
3 近前是邻家的一排榉树，同样引人注目
4 京都风格的屋顶，檐瓦外形优美
5 挂有少女像油画的客厅，从这里眺望外面的道路，风景亦如画
6 有防雨门的玄关。穿过防雨门就是大门，让人感动
7 没有门扉的入口
8 外墙离路边有一米多！！地面潮湿
9 两棵自然生长的大榉树。为了架设电线，很多枝叶都被砍掉，但仍然高大繁茂
10 对面的房子原本住着农户，同样绿意盎然
11 这里有各种各样的树木，我拜访时正值冬季，红叶很美
12 写有“如万不得已需要停车，请与屋主联系”的小牌子
13 本画并非写生，而是凭印象和对初夏的想象画成的

1990.12

宫崎骏

邸。这条安静的路旧时大概是条村路，现在已被大片白箱式住宅侵占，所幸还有零星的昔日农家屋舍，与周围林地共存至今。两座大房子相对而立，庭院内的榉树与路边的榉树相接。农家种榉树，以获取木材为目的，会剪掉细枝，让树干笔直生长，M 先生宅院内的两棵榉树明显与此不同。我看那榉树的生长形态，恐怕是宅邸建成后自然发芽长大的。

宅邸建筑结构结实，应该是京都风格，玄关处的屋檐深长，屋顶上堆积着榉树的落叶。

让我惊叹的是，如今还有这样的石砖外墙。外墙没有直接修到路边，而是立在离街道一米多远的位置。空出的地上铺有沙粒，仿佛在说“车可以停在这儿”。我想看看挂在外墙上的牌子是不是“禁止停车”，仔细读了读记号油墨笔写下的、已经模糊不清的文字，结果发现是“如万不得已需要停车，请与屋主联系”。优雅的言辞让人产生隔世之感。

笑脸相迎的 M 夫妇和他们的家一样，给人稳重又柔和的感觉 。房子建于昭和十年，深得上一代主人、M 夫人的父亲 T 博士的喜爱。这位著名的 T 博士，生前是日本景观学的先驱人物，这栋宅子便是他在昭和二十四、二十五年前后购置的。

我有幸参观了庭院。

“每年都来的那个人还没来，不打理一下可不行……”M 夫人和颜悦色地说。

彼时正值寒冬，万物萧瑟，就算有这一减分项，这座庭院仍然出色。草木参差，与其说庭院为人而存在，不如说是为草木而存在。

“我母亲喜欢植物，什么都种。”M 夫人说。

对此 T 博士从不干涉。他设计过大公园，指导过庭院修建，晚年热衷于海上公园。即便宅子已经有了新主人，他也深爱着这座庭院。

房屋与庭院草木之间的小路。

客厅不算宽敞，却让人心绪安宁。

少毛牛膝的果实会粘在裤子上，王瓜会结出红色的果实。在白箱式住宅如此密集的街区竟然存在这样的庭院。

我没能见到 M 夫人的母亲，听说她会在享受庭院风景时说上一句“这个家，真是美妙啊……”如今的主人 M 先生微笑着说：“我也喜欢现在这个样子。”“榉树真是漂亮。虽然会担心屋顶漏雨，但小鸟会飞来，凉爽的风也会吹来。”谈笑之间，我一直沉浸在深深的感动中。

一问两人，才知道远离街道的外墙一直都有。

“经常有人把车停在那里打盹儿。”屋主的语气中没有一丝不满。一个典型的美好之家，能涵养出不介意麻烦、内心知足的人。这个家留住了整个街区的风景，为小鸟们提供了安心的住处。

在我们聊天的客厅，贴着古老壁纸的墙上挂着一幅少女小像。那是一幅清冽的好画，没有任何甜腻感。从记事起，M 夫人就对这幅画格外倾心，一直凝望到今天。

一直守护这个家的少女像。

与庭院中的绿色融为一体。

那一瞬间，我仿佛看到了电影中的光景。少女时代的 M 夫人侧立在我面前，窗外绿意盈盈，而她站在微暗的窗边，仰望那幅少女像。

美好的家会养育出美好的人。好的修养在这里养成，并保持终生。

东京还有太多幽深处。这一次，我的内心充满了幸福。

从秋天到冬天，落叶纷扬不息。

四叠半的温柔空间，存放着多少人的童年

东京 · 杉并区阿佐谷 · K 先生家

冬天，在洒满阳光的外廊坐下，望着终于绽开的蜡梅，不时吸一口香烟；夏天，打开外廊上所有的玻璃门，在轻风拂过的客厅里枕着靠垫打盹儿。孩子们被母亲推拉外廊防雨板的声音吵醒，爬不上放鞋石板的小狗还在哼哧哼哧地尝试。

外廊，特别是朝南面向庭院的外廊，除了用作通道，还有连接室外与室内的作用。日本民族创造了在一尘不染的榻榻米上光脚生活的罕见习惯，另一方面又将植物栖息的外部世界与自己内心隔开。

无论在报纸上看到多时髦的住宅规划、样板房广告，我都不会心动，因为它们都没有外廊。就算有，也是勉强依附在仿佛只给老人住的小单间之外，紧挨着车库。

土地被无限细分，住宅不断走向密封化，仿佛要全面驱除外界环境。伴随这一过程，我们民族的精神构造无疑也会变化。

但是，拥有外廊，拥有能够闲望的庭院，这种对安稳时光的憧憬，依旧深深扎根在我们心中。

我这次拜访的，就是拥有外廊的住宅。它紧邻旧国铁中央线阿佐谷站，位于拆建最频繁的地区。还没进入庭院，我就看见了隔墙松树伸过的枝丫、精心打理的花木，以及院内古朴的木质拉门。我猜想这里可能住着个头脑顽固的主人，结果来到古香古色的玻璃格子玄关迎接我的，竟是位朝气蓬勃的夫人。我被带进客厅，天花板很高，光线充足。和式拉门内，矮桌沐浴在阳光中，桌上摆着过世男主人的照片，大朵鲜花在照片前盛放。

明亮的走廊，龙猫也会想走一走吧。

门旁越墙而见的松树很别致。

1
ラジオジャパンのペナント
8
このつばきは見事
9
これも見事なつつじの大木
10
庭はつつじ、さつきの咲き乱れた庭なのですが、花の色が判らないのでみどり色にしてしまいました
2
上段のみ戸棚
3
押入れ
4
床
5
窓
6
マド
7
手スリ
N
11
玄関は東側。長い廊下のつきあたりの四畳半です。

1 RADIO JAPAN 的三角旗
2 上层的储物柜
3 储物柜
4 壁龛
5 窗户
6 窗户
7 栏杆
8 山茶花格外引人注目
9 这里有高大美丽的杜鹃
10 庭院里盛开着杜鹃，我不记得花的颜色，就都画成了绿色
11 玄关在东侧，顺着长长的走廊走到尽头就是那个四叠半房间
12 画出对昔日的想象
宫崎骏
1991 年 2 月

房子是大正[1]十三年，也就是关东大地震后第二年，由男主人的父亲修建的，从那以来几乎没怎么改造过。“二战”以后，男主人的父母隐居乡间，男主人在婚后继承了这栋房子，他非常中意这里纯粹的和风，别说扩建或改建，面向庭院的玻璃门窗是地震后不久装上的，即使木门框生了毛刺也不愿意换。

在夫人的劝说下，玻璃门被换成了现在看到的三扇玻璃样式。墙壁仍然保留着房子建成时的深灰色。“因为这个颜色，只要在房子里拍照，就会变成灵异照片。”夫人说着，指了指壁龛的墙壁。我看到壁龛的挂轴旁边还留着一块很大的污渍，想必是现在很难找到能修缮这样房子的工匠了。当时在电台工作的男主人不愿意砍掉自然生长的树木，坚持到很久以后才同意把灌木篱笆换成现在的砖墙。

“于是，就成了现在的样子。”

尽量压低高度，留出空地，门仍旧保持原样，离路边稍远。在夫人的努力争取下，建起了现在的外墙，门与道路之间的草地成了小狗绝佳的厕所。

男主人一直爱着这个拥有外廊的古老的家。我刚一表示非常理解男主人的心情，夫人便一副“你也是个顽固家伙”的样子，哧哧地笑了起来：“如果我丈夫还在，一定和您非常投缘。”

在贯穿房子南侧的走廊尽头，一个独立的四叠半[2]房间向外凸出了大约一间[3]的距离。一棵高大的杜鹃守护着这方空间，这里本是男主人的父亲建来当书房的，在家庭人数减少的今天已经很少使用了。

踏入这个房间，一股难以言喻的怀旧情绪袭上我的心头。四十多年前，我曾经频繁出入一个几乎一模一样的房间，那个房间的细格玻璃窗也能从两个方向朝庭院打开。那是我家乡巷子斜对面一起长大的邻居姐姐的房间。她的面孔在我的脑海中已然模糊，但我还记得她给我看过手工缝制的人偶和染了颜色的叶脉书签。人生第一次借一本全是字的书，也是在那个房间。那是安徒生

---

① 日本嘉仁天皇在位期间使用的年号，时间为 1912 年到 1926 年。

② 日本计算榻榻米数量、表示房间大小的量词，一叠约为 1.62 平方米，四叠半约合 7.29 平方米。

③ 日本尺贯法度量衡制的长度单位，约为 1.81 米。

1 外廊的地下空间让人怀念又着迷

2 自行车打气筒

3 簸箕和扫帚

4 用来移栽植物的泥瓦刀和镰刀

5 支撑着木板壁的竹架还在履行使命

6 在石油罐上开了个口，用来烧垃圾

7 花盆

8 苹果箱

9 旧煤气炉台

10 为了防止箱子腐烂而铺的石头

11 ※左侧还有竹扫帚和铁钳等物品

的《海的女儿》。美人鱼没有灵魂，而人类都有灵魂，年幼的我怎么也无法接受这一点。我在少年时光的尘雾中茫然了片刻。

“我们家以前客人很多，经常会用到这个房间，非常方便。”

堂兄弟们从这里出发去学校，来东京的亲戚会在这里逗留，孩子们曾把这里当作学习室。如今，这个房间已经完成了自己的使命。玩旧的积木、褪色的铁皮玩具、泛黄的书籍，都整齐地保存在房间中。什么样的童年和青春曾在这个房间流淌过？我不觉默然，一时不知该如何面对心中的伤感。

庭院永远都是孩子们的乐园。摄于昭和三十六年夏天。

各种花盆包围着房屋。

在这个四叠半空间，能感受到
昔日人们生活的气息。

森林一样的庭院

东京 · 武藏野市吉祥寺本町 · O 先生家

旧国铁中央线的吉祥寺站一带，如今是年轻女性汇集的热闹场所。或许很少有人知道，这里原本是一片雅致安静的街区，没有豪宅，也没有商家，是典型的郊外住宅区，家家户户都有庭院，围着灌木篱笆，种着各色树木。如此风景至今还留有不少，从潮流喧嚣的主路踏入小巷，便会让人情不自禁驻足凝视这些古朴的庭院和住宅。我这次拜访的宅邸就是这么找到的。发现它的时候，我好不得意。

那是一条理所当然会被人忽视的窄巷子。往里一瞧，可以远远望见一片灌木篱笆，尽头的拐角处，怎么看都不像能通过的样子。在这样的窄巷子中，很容易不知不觉走到私家小道上，闯进他人的院子，到那时仓促前行也不是，慌忙折回也不是。犹豫着，我还是迈出了脚步。

走过那片灌木篱笆，再往前一拐，一条宽阔宁静的路意外地出现在眼前。那条路笔直伸展，向左转去似乎通向外面的大街。但就在那个转角，有一扇挡车的铁栅栏堵住了一半路面——这是条汽车无法进入的窄巷子。

就在这条快要被人遗忘的巷子里，我邂逅了那栋住宅。院子里树木森森，乍一看让人误以为无人居住。高耸的树木枝杈重叠，几乎夺去了房屋的全部日照。看起来肆意生长的草木其实是被打理过的。庭院的地面仿佛林地，但被打扫得干干净净，竹篱笆和玄关也有日常保养的痕迹。

除此之外，无论是外廊边高大的山茶树，还是枝条从根部分开、绿叶遮天的野茉莉树，都让人觉得不同寻常——野茉莉树通常生长在杂树林中，林中其他树的嫩叶足够茂密时，野茉莉树会开出白色的花，仿佛刚刚苏醒，不会那么显眼。可在这座庭院中，野茉莉树才是主人。

究竟是什么样的人住在这里呢？我明知失礼，还是忍不住向屋里探看，感觉并没有人居住，

会修理竹篱笆的人已经越来越少了。

野茉莉树旁边是洗手钵。

2
柿の木
このもっと奥に
桜の大樹
目立たないが
とても良い木
3
赤松
この絵より
もっと太い
かんじ
4
ビワの木や
梅や いろいろ
みな繁っている
5
ハイカラな庭の
なごりのシュロ
実生でふえている
6
この奥に
建増した二階屋
7
なんと夏ミカン
8
緑色の
つばき
9
はき清められ
10

1　树荫之家
美丽的野茉莉树

2　鸟儿们驻足的柿子树，后面有棵大樱花树，不太醒目，但姿态优美

3　红松，应该比画中的更粗

4　枇杷树、梅树等各种各样的树，每棵都枝繁叶茂

5　新式的庭院里生长着令人怀旧的棕榈

6　这后面是增建的二楼

7　竟然是夏蜜柑

8　外廊边的山茶树

9　罗汉松

10　庭院打扫得很干净

11　这里原本有棵石榴树——不省略就画不出玄关，所以省去了

12　东北角有棵梧桐，也很高大
宫崎骏
1991. 3. 11

两人居住的家，连玄关都格外幽静。

昭和十年代的宽走廊。孩子们在这里游戏，也在这里学习。

一片沉寂。在那之后，我又来了几次，情况没有任何变化。

到了冬天，我终于获得许可，得以拜访。第一次走进院门，我为这里与外面给人的印象如此不同而惊讶。夏季独占日照的野茉莉树，以及其他高大的落叶树，已经落尽叶片，叶子光润厚实的常绿阔叶树成了主角。明明是冬季，庭院却被浓郁的绿色笼罩。

这座庭院，正在变成常绿阔叶林。

据说在西日本，森林总是试图回归原本的常绿阔叶林样貌，仿佛想要展现出它的原型——镇守森林[①]。这座庭院中，飘荡着某种与神社相通的东西。

我站在玄关前等待时，某年冬季走入奈良春日山的竹柏林时那种莫名的紧张感浮上心头。当时我并不知道，将来回忆起这一刻的忐忑，会觉得怎样地啼笑皆非。

---

① 在日本，深山神社周围生长起来的森林被称为“镇守森林”，人们相信它会守护这方子民。

史努比拖鞋

出来迎接我的是位优雅的女士，怯生的老毛病在瞬间袭来，我变得手足无措。一个头发花白的五十岁男人陷入如此境地，实在有些难为情。我向来对自己的场景记忆力很有自信，然而那位女士那天穿的是和服还是洋装，我已经记不清了。

那位女士带我沿着铺有L型台阶的玄关来到客厅，便去里屋准备茶水了。家中随即变得静谧无声，只有暖炉咻咻作响。客厅正对着庭院，我闲看庭中，以求镇定心情。呈现在眼前的，是那棵让我印象深刻的野茉莉的树干，以及满庭院的深山幽谷之趣。透过宽走廊的玻璃窗，我的目光与一双直直盯着我的眼睛相遇了。那是一只趴在防雨门门槛上晒太阳的胖猫，估计它觉得我形迹可疑。这不就是泉镜花笔下的世界吗。

正惶惶然间，我注意到宽走廊角落里的鲜艳色彩——史努比图案的儿童拖鞋。大小不一的四双拖鞋排列得整整齐齐。这是一个欢迎孩子们来玩的人家。一双双小小的拖鞋让我怀念起过去的时光，也略微回过了神来。

那位女士很快端着茶点而来，我们聊了很久。遗憾的是，我始终未能完全收敛心神、稳定思绪。我至今为自己的失态感到抱歉。

房子是昭和八年修建的，那位女士的母亲为了孩子们，在很多细微之处下了功夫。将走廊修成四尺半宽，是为了让两个女儿能够在充足的阳光中无碍地玩耍。庭院中铺着当时尚属罕见的草坪，还栽过白色的秋千。

餐厅和厨房之间铺着木板的地方被叫作“K 子的走廊”（K 子是那位女士的名字）。一丝不苟地擦净这里的地板，曾是母亲布置给她的家务，小巧的山樱桃树被命名为“K 子的树”，负责照料它的，当然也是她。对她来说，这个家里满是与母亲共同生活的点滴。

“我喜欢从树叶间洒下来的阳光。”她仰望着野茉莉树说道。

继承这栋家宅后，她专注于工作，庭院不知不觉成了现在的样子。“这个家的历史就是我的历史，写满了我和母亲的回忆。都说每修缮一次，家的生命就能延长十年，我和丈夫决定满怀珍惜地住下去。”她如此总结。

几天后，我从巷中走过，第一次看到宽走廊的屋檐下晾出刚洗好的白色衣物。那一刻，我的胡思乱想真真切切地结束了。

“称霸”庭院的野茉莉树。

庭院是野猫们晒太阳和
玩耍的地方。

一人抱不住的樱花树，与树下的回忆

东京 · 武藏野市吉祥寺本町 · O 先生家

这一带还被称为“府下吉祥寺”时，这些建筑就已存在。街巷的面貌发生了翻天覆地的变化，只有这些宅子保持着昔日的姿态。已经度过八十八大寿的老奶奶刚嫁过来时，门前的道路还是村野小路，四周环绕着长满地肤的田地和梅林，安闲宁静。

“这是昭和初期中产阶级下层的代表性建筑。”

在装饰着山茶花和白梅的玄关，老奶奶迎接了我和A记者。“过去的匠人啊，工作起来可认真呢。我家里是搞研究的，屋子里到处是天花板那么高的八层书架，幸好地板下的横木都结实。”

十多年前，男主人去世，家里数量可观的书籍全都赠送给了他的母校和德国的柏林国家图书馆。春天午后的阳光洒向外廊，古老的玻璃门上光影摇曳。我们在摆着贝多芬脸模塑像和莨菪干花的客厅里开始了交谈。

老奶奶非常喜欢草木，聊天中不断冒出一个又一个植物名字，我的笔记本很快就写得满满当当。无论是玄关旁挨着房屋生长的樱花树，还是东北角的厚朴树，都是从比她肩膀还低的树苗培育起来的。

老奶奶的视力和听力有些衰退了。“我腿脚不好，已经出不了门了。”她一边说，一边带我们参观庭院。

菟葵、银莲花、鹅掌草、猪牙花、各种虾脊兰、红白黄的石蒜、风信子、水仙，还有无数野草、花儿和树木。

“从现在到五月，每天都充满期待。”老奶奶和丈夫把喜欢的草木全都种在了这里，两人以前经常一起去奥多摩和奥秩父的山间散步。

家中曾被书籍资料占据。

“以前，园艺植物都是我们播种，但是现在，院子里的东西都是自己长出来的。”

老奶奶指了指。“这一片，番红花应该已经开了不少。”

“啊，是的，开了两朵。”

冬季的萧瑟尚未退去，庭院里哪儿是花坛，哪儿是通道，已经分不清楚。老奶奶却没有丝毫犹豫，为我们逐一指认。如今，除上十五分钟草都会让她深感疲惫，但用她的话说，这种事没法拜托别人。确实，这里野草繁多，留下哪些，拔掉哪些，别人无法辨别。每一棵树，每一株草，甚至每一个尚未发出的芽，都满载着夫妇二人的回忆。而且老奶奶博学多闻，令我深感自己知识贫乏，无法企及。

“看，手抱不住了。”老奶奶抱住樱花树。“请看，抱不住吧。”

1 守护这个家的樱花树

2 透过光影摇曳的旧玻璃看到的绿色格外动人

3 庭院的木门

4 玄关

5 用来投递书籍小包裹的邮箱

6 白圆木做成的朴素木门

7 用方形木料做支撑

长年守护这个家和老奶奶的樱花树。

我赶忙绕到树干另一侧。“是的，真是棵气派的大树。”我一边回答，一边担心老奶奶的脚边、她刚刚指给我们看过的莵葵。但是，她的脚完美地避开了那里的小花。

与南侧庭院的热闹相对，房屋背后被收拾得整整齐齐，让人印象深刻。这里不见旧瓶子和箱子之类的东西，也没有塑料制品。我穿过旧窗框改成的木门，独自沿着踏脚石绕到后门一看，原来有个从外面看不到的后院。或许因为长期堆积落叶和除去的杂草，这里的土地软软的稍稍隆起，宽口管子埋在其中，用作垃圾焚烧炉——不是钢筋混凝土管，而是直径二尺的陶管。

不知为何，我觉得心头一凛，之前一直萦绕在心中的某种感觉渐渐明晰——或许在不经意间，我走进了一个大人物的家。

我再次回到屋内，参观了曾经用作书房的北侧客厅。这是一间六叠左右、石灰墙壁的西式房间，

1　老奶奶和樱花树

2　看，手抱不住了

3　菟葵

1　让我心折的后院——没有一件塑料制品，十分整洁

2　午后光照充足

3　旧窗框改成的木门　　宫崎骏

1991. 4. 3

清冷而安静。房间里摆放着满是灰尘的旧钢琴和空书架，从外国寄来的小包书籍没有开封，一包包堆在一起，大概是男主人去世后才收到的。还有一张放得很大的故人照片，不知是否在葬礼中用过。那是一张无欲无求的豁达笑脸，决然的表情似曾相识，让人想到“知识分子”这个词。我恍然想起，拜访牧野富太郎纪念庭园时，在他的简易木结构书房中，我曾感受到同样的肃然氛围。

向老奶奶道谢后，我回到家中连忙着手查找这对老夫妇的资料。从各地寄来的旧档、报纸复印件数量惊人，男主人在昭和八年因违反《治安维持法》被检举，昭和五十二年去世时报纸却为他做了追悼特辑。

报纸的照片里也有年轻时的老奶奶。那时，她每天给被判为思想犯的丈夫送饭，记者拍到了她进出租车的背影。后来，丈夫被赶出大学，她则教钢琴、做英语家教，维持着生计。这就是那台布满灰尘的旧钢琴的经历。太平洋战争快爆发时，思想控制越来越严酷，夫妇俩不得不在庭院角落里烧毁了许多藏书。这里所说的庭院，恐怕就是那埋着陶管的后院。樱花树和厚朴树，是在丈夫出狱时，两人为纪念失业而种下的。

我是在散步途中不经意间发现这座宅子的。朴拙的大门和别有格调的房屋吸引了我，让我止步的还有古旧的屋顶。樱花树、厚朴树和摇摇欲坠的兽头瓦，都曾是他们的旗帜，是两人以贫穷为傲的证明。那些植物就是他们的朋友。

如今，老奶奶的庭院中百花齐放，樱花盛开。

栖息着各类花草的庭院。

老奶奶的朋友们就要来了。

夫妇两人安静生活的家。▶

在“幽暗”与“迷宫”中坚守的顽固老先生

东京 · 杉井区天沼 · Y 先生家

包含天沼在内的“荻窪”地区，是关东大地震后东京西郊的新兴住宅区之一，因井伏鳟二的小说而为人熟知。“二战”期间，青梅街道沿线的飞机工厂遭到轰炸，好在住宅区幸免于难，如今这一带绿意蓊郁，随处可见昭和初期修建的房屋。

这次我拜访的是完整保留了当时流行的“现代住宅”外观的房子：铺有橙色西式瓦片的屋顶、建有装饰性烟囱的客厅，还有安装了西式窗户的和室。虽说房子是商家建好后出售的，和今天的商品房毕竟不同。那时的住宅结构坚实，护墙板厚度惊人。昭和十五年，屋主对房屋进行了纯和风的扩建，南侧庭院铺设了“コ”形踏脚石，茶室和别栋相对而立，东侧的砖石露台还是现代住宅的样式。自那以来，除了重贴部分壁纸、将厨房里的镀锌铁皮换成不锈钢，其他地方几乎再未变动。

这不是因为懒惰，而是坚守。小修小补一直有，庭院今年也请熟识的工匠打理了两次。不变的，是主人 Y 老先生的意志。

老先生的耳朵虽然听不清了，但气色很好，精神矍铄。他曾经是内务官员，昭和十八年买下这栋房子，第二年便被派往南洋战场，战败后回到日本。“自家的宅子竟没有被烧毁，我真是太高兴了。”九十八岁的老先生如此感怀。当年，等待他的是开除公职的结果。索性借此机会，他干脆利落地告别了社会生活——我只能想到“干脆利落”这个词。自那以后，他什么都没做，搬到别栋里独自起居，平日只是在庭院里赏赏小景，着实是悠悠无为。

“老先生不觉得无聊吗？”作为小辈的我问了个愚蠢的问题。

老先生的儿媳回答我：“一直都是那样。他是个乐观开朗的老爷子。”

在西式建筑基础上扩建的纯和室别有风味。摄于昭和二十六年。

1　老先生的庭院

2　扩建的茶室

3　最初修建的现代风格主屋

4　假烟囱

5　橙色的西式瓦片

6　这一片是我的创作，这里也有古老的住宅

旧时的厨房，家中有六个人生活时也是如此　宫崎骏

1991.5.11

和初建时一模一样。

洗手钵。

也是个极其顽固的人。

“这个庭院是请手艺精湛的匠人修建的，要是不好好打理，可对不起修建的人。”孙辈是不能在爷爷的庭院里玩耍的，只有砖石露台是她们的地盘。老先生的儿子儿媳各有工作，平日都是老夫人打理庭院。听说老夫人非常勤恳，扫帚从不离手。

厨房与昭和二年刚建好时没什么不同。我拜访过两次，每次都参观了厨房内部，到了提笔作画的时候，才意识到那里既没有热水器，也没有换气扇。我还以为自己的记忆出了问题。

“我家一直以简朴为训，这样也能过得去。”老先生的儿媳告诉我，“但是母亲很想改变一下。”老先生始终坚持“这样就好”。

我们总是把退休挂在嘴边，常说些趁着健康赶紧退休、想住这里想住那里、憧憬田园生活的话。同时，我们又害怕切断与社会的联系，深知自己无法彻底回归田园享受生活。于是，在我们被推出社会之前，会手忙脚乱地紧紧抓住“在职”的身份，对此我们隐约明白又深感厌烦。所以，当我看到真正潇洒退休的人，看到老先生如此悠然的生活状态，不禁失神半晌。

坐在门窗敞开的别栋中，我继续听着老先生的儿媳慢慢讲述。大约十年前，老夫人去世，从教职退下来的儿媳继承了房子。

“我打扫时会进来，但在这个房间如此放松，还是第一次。”

从这里眺望庭院，风景宁静优美。谈兴正浓，一只小啄木鸟飞来，哒哒哒哒地啄起了廊前的枫树树干。两个女儿十分喜爱这座庭院，就算已经嫁人，也常常带孩子们回来。

“她们小时候很害怕这个壁龛里放的东西。”

在幼小的孩子眼里，爷爷居住的幽暗别栋就像另一个世界。我不自觉地想起了岳父的家。某种意义上，我的岳父也是个顽固的人，不把自己的想法强加给家人就誓不罢休。岳父如今虽已平和许多，那些曾经占领整个家里的山一样的资料和书籍，现在想想依然觉得困扰，这就是顽固带来的麻烦啊。前些日子，我成年的儿子吐露心声：“外公家工作室的狭窄通道，简直长得没完没了。”

在我看来，养育孩子不仅需要明亮和温暖，也需要幽暗和迷宫。这正是我的岳父给予孙辈的财富。

爷爷可怕的房间和禁止入内的威严庭院，丰富了两个孙女的回忆。和那些明快的、可以跑来跑去的庭院相比，哪种更好，无从得知。我不想去探究那些给女人们带来莫大麻烦的顽固男人们的内心活动。虽然未曾亲密交谈，我还是心怀尊敬，决定将这位 Y 氏称作老先生。

我又能留给孙辈们什么样的迷宫呢？在那些用时新建材修筑的陋室里，既没有阴影也不见黑暗。我想瞒着老伴，偷偷买辆拉风的红色跑车带孙辈们出去玩，也因为没有车库而作罢。我还打算过设计一间惊悚、神秘的“祖父的房间”，可是儿子到底会不会结婚给我生个孙子或孙女呢，我的晚年计划一片空白。

通向庭院的门只在客人来访时打开。

我拜访时正值樱花盛开。

拥有独特天花板与装饰性壁炉的客厅。

充满“世间不可思议”的家才是好家

宫崎骏拜访的六栋住宅，结构各不相同，都因老旧给主人的生活带来各种不便，但他们都愿意继续这样住下去。我们好奇他在这些“怀旧之家”中找到了什么。下面是他在采访中谈到的所寻、所见、所感。

说到我对什么样的家感兴趣，应该是拥有“暗面”的家。通过那些暗面，我能看到建造它的人或住在里面的人的内心深处。遇到那样的家，我会想知道住在里面的是什么样的人，家里又是什么样子。豪华的中高层住宅对我没什么吸引力。照明良好，家具时尚，天花板很矮……不看也能大致想象出来。

庭院啊，还是稍微杂乱些好。很多人想让自己的居住空间充满绿色，但那些只认真修剪自家庭院树木的人家，会让我觉得小气。如今，特别是东京，即使好不容易保留了一方庭院，四周也难免被住宅用地迅速占满。在那样的庭院里顽强生长的树木，会让真正喜欢植物的人心生怜爱，无法下手修剪。庭院之所以会稍显杂乱，是因为想要让植物自然生长。只要看看庭院的状态，主人的性格便一览无余。

不过，庭院里一旦落叶四散，就会被邻居们嫌恶，所以主人会很辛苦。要是主人同意拆掉古老的住宅和庭院修建公寓楼，会得到一大笔钱。在这样的情况下仍然居住在老房子里的，究竟是什么样的人呢？我十分感兴趣。

于是我拜访了中央线沿线的住宅。它们是我在工作间隙散步时发现的，都建于关东大地震后的大正末年到昭和初年。这些住宅都谈不上“气派”，好在建材大都结实，有的还使用了进口材料；

宫崎骏，在武藏野市的办公室。

设计上会让人觉得标新立异，比如在玄关旁设置洗手间，完全不管当时日本建筑的基准，甚至有些匆忙建成之嫌。然而半个多世纪的时光灌注其中，给人的感觉变得很美妙。

好的住宅并不依靠建筑，而是取决于主人的心。我拜访的地方全都如此。有些家宅或许稍旧一些，剥落的油漆和庭院中的树木却更加和谐。

可是，不便也是毫无疑问的。因此，如果家里没有人强烈坚持，是无法这样生活下去的。不难想象住在这样的家里会夏热冬凉（笑）。可“就是不喜欢铝窗”。天沼的 Y 老先生就是个典型的例子。他的强硬给其他人带来了巨大的麻烦，可我总觉得这也必然会给家中的孩子留下些什么。我担心人们认识不到“世间有不可思议的东西存在”，会变得浅陋。现代化的住宅，光亮洒满每个角落、没有“暗面”，会给孩子们内心带来怎样的影响呢？小时候，旱厕背面的那片黑暗，不就影响了我们这代人的想象力吗？

客厅的飘窗视野良好。

红瓦和红墙搭配和谐。

建好后已过半个世纪，从没漏过雨。

小小街区里的死胡同会成为大家的庭院

1　彻底改变想法！！

2　门扉改成木质涂漆的

3　种上无需大量日照的灌木

4　少量的草不会拔掉

5　小巷变身成庭院，不设灌木篱笆

6　使用液化石油气的作业车会驶入，只要保持低速就不会压坏踏脚石

7　路边种上不会长得太大的常绿树，枝繁叶茂

8　左右的砖石全部拆除

9　将两侧的排水沟移至中央，变为一条暗渠，在原排水沟中种上喜爱的花草树木

时兴的家，是毫无匠心的统一化的结果。屋顶的坡度也是按照工业规格建好，不会反映任何人的想法或审美意识。这样一来，不出现无聊的东西才怪。而且现在的房屋越来越封闭，庭院被砖墙包围，铝窗将空间锁闭。这应该是主人想与外界声音、湿度、虫子以及他人隔绝开的表现吧。同时，空调排出废气，垃圾扔到外面。这种对邻居一无所知的生活究竟要持续到什么时候？就算有所烦扰，我认为与邻居保持联系的生活还是会更愉快。

在今天的日本，特别是东京周边，想要修建一处充满魅力的家，实在是件难事。在我看来，让人感觉良好的庭院至少需要一百坪[①]，而且需要借景。如果整个街区不同心共济，只凭一家之力是无法营造出美好空间的。不借助周边环境，独力建起符合自己意愿的住宅和庭院，需要一千坪。东京一千坪土地的价格让人头晕。就算买了，四周若全被公寓包围，也非常不幸。

我在所泽市的家附近有条没人管的小巷，连路都不是铺设过的，可周围的人家都把花盆摆到了路边，有的人家还撒下了花草的种子。那幅光景算不上繁盛，但让人喜爱。风景就是这样渐渐形成的。稍有空间，就想摆个花盆，种些花草，这就是我们这代人的心境。

《龙猫》里出现的家，背后有一座小山丘，前方有小河流过。我的哥哥和弟弟们看了这部电影都说："你画的就是我们小时候住的家啊。"那个家在永福町（东京都杉并区），只有客厅是西式，其他全是和室，是昭和三十年代之前日本中产之家的常见样式。我拜访的住宅中，也有好几家是那样的。看了《龙猫》，很多人都对那样的家心生怀念，他们也觉得，那样的家才是好的家。

我有时候会期待日本能稍微不景气一些，这样人们就会发现如今的繁荣不过是一场虚幻的梦，从而认真努力起来。在那之前，我只能先用支架撑起巷子里的小花，让它们生存下去。

（一九九一年 夏）

① 日本尺贯法度量衡制的面积单位，约为 3.30 平方米。

肃穆的西式房间位于西南角。

中野区白鹭，M 先生家门前道路两旁成排的榉树形成了绿色的隧道。

想要这样的蜻蜓池塘

K女士的家变成了公园

东京 · 杉并区阿佐谷 · A 的庭院

K 女士精心打理的庭院被完整地保留下来，如今变成了公园。入口的路灯上挂着指示牌。

时隔二十年再次谈论“怀旧之家”的宫崎骏。
于小金井市的办公室。

二十年后……
留住回忆中的“怀旧之家”风景

宫崎骏逐一拜访那些龙猫也想居住的家，已经是二十年前的事了。时光流逝，好几户人家已经消失。但人们始终希望留住“怀旧之家”的风景，像“A 的庭院”一样。

二十多年前，我的办公室在杉并的阿佐谷，我总在那附近散步。K 女士的家，就是我在散步

1 广玉兰
2 蔷薇篱笆
3 丹桂
4 二十年过去
5 日本辛夷树
6 樱花树
7 灌木篱笆
8 灌木篱笆
9 小叶青冈

提交给杉并区政府的公园图纸。

途中偶然发现的。走进小巷，第一次看到那座宅院时，我仿佛一下子回到了童年。后来，K 女士的家面临拆毁，却因为这本书的介绍，以“A 的庭院”的形式保留了下来。如此令人怀念的风景能够变成公园，让我深感幸运。

仔细一想，我之所以常常在阿佐谷到吉祥寺一带寻访“怀旧之家”，正是始于偶遇 K 女士的家。那样的家宅恐怕不久后就会渐渐消失，所以至少要把它们留在书里。读了宫本常一先生的书就会明白，家宅也好，村子也好，日本人总喜欢漂亮的、崭新的。村子递换，居民更替，城镇变动，往复不休，这是木结构住宅文化的模式，像伊势神宫一样需要不停重建。欧洲的古老城镇能原封不动地保留下来，日本的屋舍村落却不太可能。K 女士的家能够留存至今，实在是个奇迹。

几年前，K 女士突然来找我。自从拜访过她家，我们还未见过面，K 女士已经变成了一位精神矍铄的老太太。她制作了自家宅子建成以来的年表。“能将古老的家保存到今天，都是托这本书的福。”她这样对我说。然后告诉我，杉并区政府将出资购买她家的那片土地修建公园，房子将被保留下来。听到这里，我已十分惊讶。继而得知当地的自治会和町内会十分重视 K 女士的家宅和庭院，希望可以接手管理，我更是欣喜。虽然维持居住的状态十分困难，但他们应该能找到办法吧。

谁知，就在事情有序推进时，K 女士的家在一场意外的大火中被完全烧毁。想到那些将这个家视为珍宝的人们的心情，我就觉得“无论如何不能放任不管”。房子已经烧了，改建成公园的计划也许会不了了之。于是，我将自己设想的公园画成图纸，提交给杉并区政府。经过一番努力，“A 的庭院”终于对外开放。用我老婆的话说，“这是孩子他爸做过的最好的工作”。(笑)

我在开园前去过。虽然是我提出的方案，公共卫生间之大还是超乎想象。我的视线越过以 K 女士家为原型的卫生间屋顶红瓦，看到后面那些老房子，K 女士家的风景仿佛又回来了，我不禁十分感动。我原本以为，就算 K 女士家的建筑资料保存完好，可以重建，旧日的风景毕竟难以再现。没想到公园建成后，K 女士家的风景奇迹般地重现了。大火留下的空间为我们带来了惊喜。如果能有更多人远道而来看看这座仍然值得珍视的公园，就太好了。

1 丹桂
2 作业车可以驶入的空间
3 原停车场用地
4 让人怀旧的法式瓦卫生间
宫崎骏
2009. 7. 22

从我四处拜访“怀旧之家”的时候算起，到现在已过去

2 作業車が入れるスペース
3 駐車場あとち
4 昔の住宅地をしのばせる
フランス瓦のトイレ。
2009.7.22

二十年。让人意外的是，许多老房子还顽强地矗立在原地。这让我觉得社会在一点点改变。“A 的庭院”得以修建或许只是偶然，但在修建过程中，以及后来的公园管理上，我没有遇到墨守成规的人。无论是杉并区政府，还是当地人，都表现出非常灵活的应对态度。人们正在努力创造一个宜居的环境。西东京市的云雀丘住宅区也正尝试将五层建筑削减为四层，并修建公共区域。

我不认为那些看上去整齐划一的街区有多么宜居，也不想住在那种地方。人工制造的东西，总有违背天然的感觉。我曾在新青梅街道散步，走了一会儿，就痛苦不已。道路笔直，一眼就能望到尽头，走得很累(笑)。原来的青梅街道走起来多轻松。“啊，这种地方竟然有座寺庙，进去看一眼吧。”“这里很久以前是村子的中心啊。”沿路的住宅一直延伸到低洼的湿地，有的屋后还保留着水田——走着走着，就会有各种各样的发现。有年头的街道之所以好走，因为那些道路是由人们一脚一脚踩出来的。东京那些窄巷里虽然房子拥挤不堪，行走其中总给人一种安稳的感觉。

但是，古老并不等于美好。在那些古老的家宅中，既有“这个家真好，看起来很宜居”的时刻，也有“可真要命”的时刻。还有的家会让人有种“穷神”住在这里的不好的感觉（笑）。不过只要住在宅子里的

上图

1 自然生长的日本辛夷树，没有经过修剪
2 海参山[①]
3 各种灌木
4 二十年后?
5 这里是卫生间
6 原停车场的中央有一棵日本辛夷树
7 原有的树木
8 灌木篱笆
9 宫崎骏
2009. 6. 15

下图

1 灌木篱笆退后两米
2 比起长椅，大叔们更愿意坐石台
3 主树
4 能让日本辛夷树不断伸展的空间
5 原有的白小叶青冈
6 低矮的假山
7 土坛
8 可以坐在边沿
9 退后两米
10 法式瓦的卫生间
11 白色窗框，褐色墙壁
12 丹桂
13 旧近藤家庭院

① 由海底火山的喷出物形成，因形似海参而得名。

1 自然樹形のコブシ
剪定しない
2
3
4
5 トイレアリ
6 駐車場あとの中央に コブシ一本.
7 在来の樹
8
9
2009.6.15

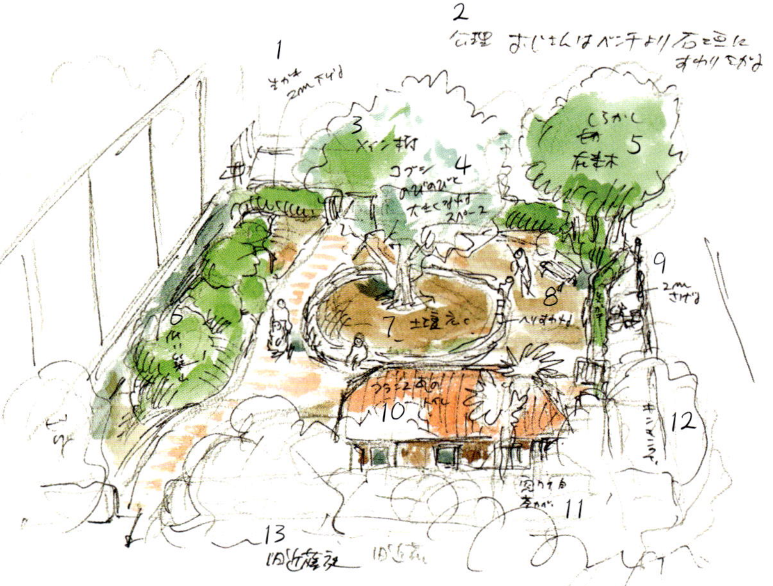
1
2m下げる
2
おじさんはベンチより石垣に
すわりたがる
3 メイン樹
コブシ 4
のびのびと
大きくのばす
スペース
しらかし
5
在来木
6
7 土壌改良
8
へりすわれる
9
2m
さげる
10
12
11
13

是些好人，就会让人觉得虽然有点儿旧、有点儿脏，但真是个好地方。大自然也是一样，花也好，草也好，不是种下就行。拿“A 的庭院”来说，新种的日本辛夷树下有大片空地，很多人肯定会想种些花。但想种花的人不一定能坚持好好打理。从叔叔婶婶那里继承房子时，K 女士并没有想过如何打理，庭院却在她的精心照料下与周围十分和谐。我觉得这样就很好。认真维护的空间才会变得宜居，才能拥有美好的庭院。如果做不到，就不会有好房子、好庭院、好景色。所以，若是不能打理，就不要随意种花。

说到底，宜居并不单指自己的家，更重要的是借景。要从他人的地方借景，同时也不可只考虑自己，还要好好考虑自己的家如何成为他人可以借用的风景。只有考虑彼此，才能让人与人之间的邂逅与联系化为美好的风景。

（二〇一〇年 夏）

1 广玉兰
2 藤萝架
3 低矮的灌木篱笆
4 草坪
5 水井屋顶使用了法式瓦
6 石碑上有庭院的来历及旧近藤宅邸的户型图

宫崎骏 2009.5.31

2
フジダナ
3
4
芝生
5
井戸屋根
古いフランス瓦
6
いしぶみ
碑
庭園の来歴
旧近藤邸みどり園
2009.5.31

A 的庭院

“仿佛一件宝物”，宫崎骏在书中这样形容 K 女士的家。本书第一次出版以来，K 女士的家便被附近的人们亲切地称为“龙猫的家”。二〇〇七年，K 女士将长年租用的土地返还给了原本的主人，龙猫的家和绿意盈盈的庭院面临消失的危险。于是，附近的人们发起了联名请愿。当年年末，一封约有六千三百个签名的请愿书被递交给杉并区政府，人们请求留下 K 女士的家宅和庭院。

次年二月，杉并区接受了人们的请求，将这片土地连同相邻的停车场一起从土地所有者手中买下，开始计划修建公园。公园总面积约八百三十平方米，计划二〇一〇年对外开放，K 女士的旧宅将作为杉并区的重要景观建筑。可在不久后的二〇〇九年二月十四日清晨，一场意外的大火将 K 女士的旧宅全部烧毁，公园失去了核心。

宫崎骏认为“不能放任不管”，他数次前往现场，向当地和杉并区政府提出了具体的公园建设计划，包括保留 K 女士家的地基、水井和庭院，新建让人回忆起 K 女士家的红瓦洗手间，种植日本辛夷树作为公园的象征，等等。这一计划得到了全面认可。二〇一〇年七月二十五日，公园终于对外开放，名为“A 的庭院”。A 指所有来这里的人，也是宫崎骏的提案。他希望所有人都能像对待自家庭院一样，珍惜这里的一切。

洗手间兼防灾仓库的红色法式瓦屋顶、深褐色墙壁和白色窗框再现昔日风情，是公园的象征。

走在被保留下来的地基上，能感受到昔日住宅里的生活气息。公园里的石碑上记载了旧宅的户型图和概要。

园内草木生机勃勃，恍惚间仿佛误入谁家庭院。这里是蜻蜓蝴蝶的游乐场。
在火灾中被烧黑的树木已然长出新芽，渐渐枝繁叶茂。

水井的屋顶用了 K 女士家的法式瓦。
公园里洒水时也使用这口井里的水，有时还能看到孩子们快乐打水的身影。

A 的庭院

地址：东京都杉并区阿佐谷北 5–45–13
开门时间：早 7 点—傍晚（随季节变动）
面积：829.83 平方米
开园日：2010 年 7 月 25 日
咨询：03–3312–2111（杉并区政府绿色公园科）

著作权合同登记号　图字：30-2020-033

图书在版编目（CIP）数据

龙猫的家 /（日）宫崎骏著；（日）和田久士摄影；史诗译．-- 海口：南海出版公司，2021.1

ISBN 978-7-5442-9910-7

Ⅰ．①龙… Ⅱ．①宫… ②和… ③史… Ⅲ．①随笔－作品集－日本－现代 Ⅳ．①I313.65

中国版本图书馆CIP数据核字（2020）第066910号

龙猫的家

〔日〕宫崎骏 著

〔日〕和田久士 摄影

史诗 译

出　　版　南海出版公司　(0898)66568511

　　　　　海口市海秀中路51号星华大厦五楼　邮编 570206

发　　行　新经典发行有限公司

　　　　　电话(010)68423599　邮箱 editor@readinglife.com

经　　销　新华书店

设　　计　〔日〕熊谷博人

责任编辑　张　锐

特邀编辑　薛茹月　杜珈琦

营销编辑　辛　颖

装帧设计　李照祥

内文制作　王春雪

印　　刷　北京奇良海德印刷股份有限公司

开　　本　787毫米×1092毫米　1/20

印　　张　5

字　　数　96千

版　　次　2021年1月第1版

印　　次　2024年3月第6次印刷

书　　号　ISBN 978-7-5442-9910-7

定　　价　88.00元